Gedichte aus der Spätzeit

Hermann Conradi

Gloria

Auch ich auch ich, in unseligem Drang,

Hab' mit zuckenden Fingern, so lang, so lang,

Von verzehrendem Fieber zerspalten,

Gehascht nach des Ruhmes Lorbeergezweig,

Mit fliegendem Atem, ringerbleich,

Eine üppige Krone zu halten!

Auch ich entrafft' mich dem heimischen Herd

Was hat mich die Träne der Mutter geschert,

Was Marias geschluchzte Klagen?

Es trieb mich so wild, so stürmisch hinaus

Auf des Lebens weißschäumigen Wogenbraus,

Den strahlenden Ruhm zu erjagen.

Wie ward's mir so schwül im umzäunten Kreis

Nach Atem rang ich aus altem Geleis

Zog's mich in phantastischem Wahne!

Die Mutter hat mich gesegnet beim Zieh'n

Und gab mir zum Abschied den Flammenrubin

Zum schirmenden Talismane.

Ich spannte mir Flügel zum Dädalusflug

Nicht war mir *ein* dürres Zweiglein genug

Ich lechzte nach üpp'gem Gewinde ...

Da brachten mir die Töchter der Lust

Mit lachendem Auge, mit lockender Brust

Die süße, die lustige Sünde.

Und ich trank und ich trank und ließ die Spur,

Und mit heldengroßer Siegerbravour

Bracht' ich die Komödie in Stanzen ...

Da nahten sie alle beäugelten links,

Beäugelten rechts die schnurrige Sphinx

Und kamen mir einen Ganzen.

Holla hoch! Das war ein lustiges Fest

Der Morgen ward mir weidlich durchnäßt,

Und die Stirne schwamm in Wonne:

Sie trug ja nun glänzende Lorbeerzier,

Und sie trug sie mit Würde, nicht bloß zum Pläsier

Stolz leuchtete meine Sonne.

Da kam auch für mich der Damaskustag

Die Binde fiel, und die brennende Schmach

Schlug zischend mir in die Seele ...

O du Wahn! O du Wahn der Unsterblichkeit,

Wenn ein wetterwendisch Gesindel schreit

In hochwillkommnem Krakehle:

»Der Kerl bei Gott! ist ein Pionier

Prophet Messias ein Wundertier

Er schreibt brillante Sachen!

Gedankentief und doch populär

Und so bilderreich! Und so schneidig wie er

Kann keiner Verse machen!

Wie wär's drum, wir dächten beizeiten schon

An ein Säulchen, ein Denkmal die Nation!

Nur hurtig: die Sammelliste:

Wer unterschreibt? »Na ich!« »Und auch ich!«

(Der eine: »Rein fiel ich!« bei sich

Der andere: »Wenn man nur nicht *müßte!*«) ...

Da dankt' ich dir, Krämerbrut, für das Mal,

Und ich ließ den rauschenden Huldigungssaal.

Entweiche wahnwitz'ge Verblendung!

»*Der* Ruhm ist keinen Dreier wert,

Und dreimal Schmach, wer ihn begehrt

Für seine göttliche Sendung!«

Ich rief's und schritt in die Nacht hinein,

Und beim ersten, blassen Frührotschein

Ist mir ein Wandrer begegnet ...

Der sprach: »Glückselig bist du, Poet,

Dein *wahrer* Lohn, wenn im *stillen* Gebet

Ein getrösteter Armer dich segnet!« ...

Der verlorene Sohn

Mein Mütterlein, zu dieser Stund',

Zu dieser Stund' in tiefer Nacht

Bist du aus leisem, kurzem Schlaf

Wohl jählings, jählings aufgewacht!

Du fährst empor und starrst und horchst;

Und eine bange Ahnung schwirrt

Dir durch die angstumschnürte Brust:

Daß ruhelos dein Kind noch irrt ...

Noch irrt auf fernem, fremden Pfad,

Noch irrt in später, schwarzer Nacht

Du aber weißt nicht seine Spur,

Weißt nicht, was es so ruhlos macht ...

Weißt nur, daß es aus dieser Not

Die Mutterliebe einzig risse,

Und möchtest wohl es suchen gehn

Durch schwarze, schwarze Finsternisse ...

Mein Mütterlein, dein armes Kind,

Es sucht dich nicht in seinen Aengsten,

Es taumelt durch die Nebelnacht,

Geschleift von seines Dämons Hengsten.

Hei! Wie es brennt in seiner Brust!

Wie schnürt's die Kehle ihm zusammen!

O Mutter, deine milde Hand

Beschwor mir nicht die Wahnsinnsflammen.

Mein Mütterlein, laß ab, laß ab!

Das du in Schmerzen einst geboren,

Dein Kind, du hast es einmal doch

An diesem Tage ach, verloren!

Es fragt nichts mehr nach deiner Lust

Es fragt nichts mehr nach deinem Kummer,

An seiner Leidenschaft Brust

Erwürgt es deiner Nächte Schlummer ...

Mein Mütterlein, wenn's dich verzehrt,

Daß du dein Kind hast lassen müssen,

Dann ruh dich auf der Bahre aus

Von deines Lebens Kümmernissen ...

Dann schließ die müden Augen zu,

Die oft um mich in Tränen lagen

Dann laß zur allerletzten Ruh'

Dich heimlich auf den Kirchhof tragen ...

Vielleicht bin ich des Wanderns müd,

Und ist die Unrast all' verlodert

Vielleicht, daß dann mein Schicksal mich

Dort rasten läßt, wo du vermodert ...

Dann sind wir beide ganz allein,

Und unsre Liebe darf nicht säumen

Dann will ich meines Lebens Traum

Mit dir noch einmal still durchträumen.

Dann will ich alles dir gestehn

Wie Schuld auf Schuld sich lud, dir sagen

Dann will ich mit dir heimwärts gehn

Zu meines Lebens ersten Tagen ...

Mein totes Mütterlein, dann gibt

Es nichts, was dir verborgen bliebe

Dann weißt du, wie ich dich geliebt

Und doch verraten deine Liebe!

Dann weißt du, wie es plötzlich mich

Mit heißem Atem angepfiffen

Wie es in meine Seele schlug,

Das Feuer, dampfend, unbegriffen

Wie es versengend mich gepackt,

Mich weggespült von deinem Herzen:

Ich schoß, ein Glutenkatarakt,

Ins Tal der Wonnen und der Schmerzen.

Mein Leben troff von Duft einmal

Vom Duft der Rosen und Narzissen ...

Mein Denken war ein Morgenstrahl,

Entbrochen schwarzen Finsternissen

Ich lebte! O mein Mütterlein

Und riß, umsprüht von Freudenfunken,

Die Sphären an mein Bruderherz,

Von Weltenmelodien trunken ...

An *ihrem* Leib bin ich zerschellt,

Und all mein Denken ist verpestet

So irr' ich ruhlos durch die Welt,

Ein Narr, verzweiflungsqualgemästet ...

Nicht grünt mein müder Wanderstab

Ein zweites Mal zur Sündensühne

Kein Gott nimmt meine Reue ab

Und hebt von mir der Schuld Lawine.

Aus weißem Kelch den gelben Wein

Goß ich ins rote Blut der Wunden

Nur einmal wollt' ich stille sein,

Nur einmal von der Schmach gesunden!

Die aber preßt mich fest und läßt

Mich nicht aus ihren erznen Krallen

Von Blut und Kot und Schweiß genäßt,

Schleif' ich durchs Leben, fluchverfallen ...

Ja, Mutter, stirb! Und bist du tot,

Dann wollen wir, ein seltsam Pärchen,

Vom Abend- bis zum Morgenrot

Eins plaudern von dem tollen Märchen,

Dem mich das Schicksal auserwählt,

Mich brav recht brav drin auszuleben

Und hab' ich's dir dann auserzählt,

Hast du auch schweigend mir vergeben ...

Dann reck' ich hoch mein Haupt empor

Und bei des Tages ersten Grüßen

Schmeiß' ich den eklen Erdenstaub

Von meinen wandermüden Füßen ...

Es fliegt der Filz ins feuchte Gras,

Ich rüste mich zum letzten Traume

Zerbreche meinen Knotenstock

Und häng' mich auf am nächsten Baume ...

Ein Ende vor dem Anfang

Ganz leise erst, noch in den zartsten Fäden,

Spann sich ein Band von dir zu mir herüber ...

Oh! Voll war ich des köstlichsten Erwartens,

Und süße Hoffnung hat mich oft berauscht.

Ich liebte dich vielleicht noch nicht ... Und doch

Ich wußte es: die Stunde, ja, sie käme,

Wo ich dich sanft in meine Arme nähme,

Dich an mich zöge, küßte ... und tief atmend

Du dich auch mir zu eigen geben würdest ...

Ich lebte dieser Stunde still entgegen

Und zehrte scheu von ihrer Freude Segen ...

Und nun kam's doch noch anders. Zaghaft fast

Stand auf ein müder, milder Wind ... und langsam,

Wie spielend, wie in harmlos neck'schem Zufall,

Hat er die weichen Flocken des Gewebes,

Das zart von dir zu mir sich angesponnen,

"

Zertändelt ... Sieh, mein liebes Kind, nun flattern

Die kleinen, losen Maschen wie verwaiste,

Verlorne Seelchen durch die stummen Lüfte ...

Und drüben nun stehst du, ich stehe hüben

Und traurig sehn wir unser Glück zerstieben ...

Ich liebte dich vielleicht noch nicht ... Vielleicht

Lieb' ich dich jetzt noch nicht ... vielleicht nicht mehr ...

Nein! Aus dem Wege gehen wir uns nicht.

Ja! Wir begegnen uns noch ziemlich oft ...

Und unsre Augen suchen sich und bleiben

Auf einen ... Augenblick in tiefem Anschau'n,

Nicht scheu, nicht schüchtern und wohl vorwurfslos ...

Und nur wie Neugier, wie ganz zarte Neugier

Liegt es in unserm Blick ... dann gehen wir

Vorüber aneinander stumm und still ...

Ich weiß: wir werden uns nicht wiederfinden

Und auseinander weiter, immer weiter

Wird uns das Leben unsre Wege führen ...

Nur manchmal zittert leis die Frage auf,

Das scheue Kind verschwiegner Stunden: wenn

Nun dieses Wissen dennoch trügrisch wäre?

So trügrisch wie das erste? Würd' ich säumen,

Da sich zum andern Mal das Glück mir böte,

Es zu ergreifen und es festzuhalten? ...

Es folgt der Nacht die junge Morgenröte

Doch meinem Leben blühet noch das Licht,

Doch meinem Leben blühet noch der Tag

Und seines Schaffens ungemess'ne Freude ...

Noch darf ich meine Kraft im Kampf vergeuden,

Noch habe ich ein Recht auf rote Wunden,

Noch schiert's mich nicht: Ob träge Abseitsruh',

Ein Opfer der alltäglichsten Geschichten,

Im ersten besten Winkel ich gefunden,

Noch darf ich kühn auf »stilles Glück« verzichten!

Es zu ergreifen ja! ich würde säumen

Und dann auch: selbst, wär' ich zu feig dazu:

Nein! Nein! Ich halt' nicht viel von reparierten Träumen ...

Psalm der Leidenschaft

Wie du mich lange, lange verlassen hattest,

Meiner Phantasie und meiner Kraft gewaltige Tochter,

Leidenschaft!

Die du von mir gewichen warest und von mir geflohen

In Dämmertiefen und Nebelgründe

Die du mich hattest verdorren lassen und kläglich verkümmern

Wiederum nun nach langem Entbehren

Feire ich in stürmisch klopfender Brust

Deine dithyrambische Einkehr!

Leidenschaft! Voll bin ich deiner und deiner trunken

Alles Verstaubte tief, tief versunken

Alle Gewöhnlichkeit glitt dahin

Begeisterung! Ich schlürfe dich liebeglühend, Erlöserin!

Voll bin ich deiner! In starker Erregung

In glüher Bewegung

Ist all mein Sein!

Leidenschaft, ich bin dein!

Sie sie ist zu mir niedergestiegen

Und hat mich erwählt

Und eine Beute von süßen, köstlichen Siegen

Hab' ich ihr wieder und wieder erzählt,

Wie sie all mein Suchen und all mein Sinnen

Einzig begreift

Ob Tage, ob Wochen, ob Monde verrinnen

Meine Liebe bleibt und reift ...

Leidenschaft! Du erfüllst mich so ganz!

Mit magischem Schein überströmt mich dein Glanz,

In deinen Wirbeln so ganz verloren

Ward ich wiedergeboren!

Wie so anders nun leuchtet mir Leben und Welt!

Wie so heimisch nun ward mir mein irdisch Gezelt!

Stunden oft rast' ich und rege mich kaum ...

Und mich erfüllt namenlos glücklicher Traum

Alles gewährend, Leidenschaft, bist du genaht!

Siehe, ein Trunkener wandelt der Liebe rosentriefenden Sonnenpfad!

Die du mich lange, lange verlassen hattest, Leidenschaft

Neu haftet's in mir von deinen Geschossen!

Neu dampft meiner Seele gebärende Kraft

Ich habe genossen!

Und trunken ward ich von all dem heißen Genießen,

Rosen nur seh' ich, nur Rosen sprießen

Je und je

Berauschende Düfte wehen mir zu die Winde,

Und mir seligem Kinde

Schweigt das Weh ...

Sturm nur erfüllt mich und kühneres Wollen

Ob Tage, ob Wochen, ob Monde verrollen,

Was kümmert's mich!

Laß sie in blödem Plunder verfliegen

Die du zu mir herniedergestiegen,

Leidenschaft! Liebe! ich halte dich!

Halte dich ob auch nur eine Stunde –:

Deine Saat gedeiht!

Geheimnisvoll mit dir im Bunde

Ueberwind' ich die zehrende Zeit ...

Noch einmal! ...

Nun knospet's in den Linden wieder,

Die unter meinem Fenster stehn ...

Ich sah sie blühn und sich entblättern,

In pfeifenden Oktoberwettern

Ihr letztes Blatt verloren gehn.

Es kam des Winters weiße Stille

Und ganz vereinsamt ward mein Herz ...

Nur der Erinnerungen Fülle

Beschwor ein dunkler Schicksalswille

Und dem Verwaisten milden Schmerz ...

Du gingst von mir. Da nackt die Bäume,

Drückt' ich zum Abschied dir die Hand.

Fahrt wohl, fahrt wohl, ihr Sommerträume,

Ihr zogt wie treulos Flutgeschäume

Und nur die *Sehnsucht* wob das Band.

Nun knospet's in den Linden wieder,

Die unter meinem Fenster stehn ...

Braunrot seh' ich die Kraft sich schließen

Ein Duft von nahendem Genießen

Spür' ich durch wärmre Lüfte wehn ...

Wirst du noch einmal nordwärts kehren,

Den ich wie keinen je geliebt?

Laß uns den letzten Lenz durchträumen

Wird's wieder nackt an Busch und Bäumen,

Ist's Zeit, daß auch *der* Wahn zerstiebt ...

Motto zu »Adam Mensch«

Laß fahren, was dich traurig macht,

Und was die Enge dir geboren –:

In dieser großen Freudennacht

Bleibt dir dein Genius unverloren.

Wir leben, mein geliebtes Weib

Und unser Leben atmet Fülle –:

Der Dinge unverstandne Hülle

Fiel ab vom nackten Gottesleib.

Widmungsgedicht zu »Adam Mensch«

Oskar Hänichen zugeeignet.

Von einem Grabe komm' ich her. Du weißt,

Mein lieber Freund –: von welchem Grabe

Du weißt –: wie viele Träume, wie viel Glück

Wie viele Vergangenheit ich *da* begraben habe ...

Von des Vergessens Flut unüberspült

Mahnt dieser Hügel noch im fernen Süden

Da wir so groß gelebt, so stark gefühlt,

So heiß gekämpft um unsres Willens Frieden.

Ob wir ihn fanden –? Nun, mein lieber Freund

Wir lächeln schmerzlich doch wir *lächeln* eben

Wir sind allein wir haben nur noch uns

So bleiben wir zusammen für das Leben ...

Der Regen klatscht an meine Fensterscheiben

Ins Nordland wieder wurden wir verbannt

Getrost mein Freund! Wir werden südwärts treiben

In unsrer Sehnsucht unsres *Sieges* Land!

Ein *Grab* zu hüten gilt's. Mit weißen Kerzen

Hat's unterweil der junge Lenz geschmückt

Für das *Unsterbliche* verglühn die Herzen

Mit rotem Blut getauft der tiefsten Schmerzen

Ward uns der Geist, der *Zukunftsfrüchte* pflückt.

Das Ende vom Liede

Vergessen können ja! Das ist die Kunst,

Von allen Künsten dieser Welt die erste

Von allen Künsten dieser Welt die schwerste,

Und bist du *ihrer* Herr, ist alles Dunst.

Ist alles Wurst, was jemals du gewesen,

Was du geliebt, gehaßt, getan, gefehlt, gewollt,

Ob sich dein Leben prunkvoll aufgerollt,

Ob du für andre warst bequemer Besen.

Ob Sklave oder Herr *dann* ist's egal,

Vergessen können und nicht dran ersticken,

Hinunterschlucken, lachen, weiterkrücken,

Ins Leben weiter noch ein dutzendmal.

Dann tut's ja nichts! Nun gut! Ich will's probieren,

Den letzten Lorbeerkranz will ich entblättern,

Das letzte Amulett will ich zerschmettern,

Wie man vergißt, will ich genau studieren.

Und eines Tages dann ist mir's geglückt,

Ich atme auf in grenzenloser Leere

Und breche in die Knie und bete: Kehre,

O kehre wieder, die du mich entzückt:

Geliebte Sünde, die ich froh beging,

Geliebte Reue, die ich kühn genossen.

Gemach, mein Freund! Dein Schicksal ist beschlossen

Und um dich schürzt sich des Vergessens Ring.

Erste Sonne

Wie gerne lass' ich von der ersten Sonne

Mich bescheinen! Wenn der Januar

Mit seiner Atemzüge Eishauch wich

Wenn in der Monde Schnur die zweite Perle

Sich übertropfen läßt von Goldreflexen

Der Winternebel Vorhang in zwei Stücke

Geborsten ist ... und ihrer Gnaden Truhe

Nach träumerischer Rast die Sonne leert

Den ganzen Köcher ihrer funkelnden Pfeile:

Wie gerne lass' ich mich von dieser Sonne,

Von dieser Sonne sanft verkühltem Licht

Bescheinen! Leise kommt auf leichten Sohlen

Ein Sinnen über mich ... ein dunkles Suchen

Und doch, wie so klar und wunschlos still ...

All' Winterunrast hab' ich abgetan

Als schritte ich auf Wolken, treib' ich hin ...

Die Augen halb geschlossen ... seltsam müde

Und an den Sonnenstrahl, der mich berührt ...

Leise, ganz leise meine Wange streift,

Möcht' ich mich lehnen ... und in seiner Goldspur

Verdämmern lassen meiner Seele Leben ...

Meta

Am Donnerstag kam Meta in die Schule,

Am Donnerstag nach Ostern. Wie das Kind

Sich drauf gefreut hat! Wie sein kleines Herz

Der Mädchenträume bunte Fülle träumte!

Die Tage all vorher hat's von dem einen,

Von diesem einen immer nur geplaudert

Selbst in den festen Jugendschlaf schlich sich

Die Neugier lockernd ... Und dann kam der Tag ...

Und kaum zu bändigen von der Hand der Mutter,

Die es zur Schule brachte, war das Mädchen ...

Nachher kam's zu mir. In den braunen Augen

Stand klares Leuchten ... und der Freude Schimmer

Entzückte hold das zarte Angesicht ...

Die kleinen dünnen Finger hielten tapfer

Die rote Düte, die fast größer war,

Denn's ganze winzige Persönchen ... »Onkel!

Das hat der Lehrer mir geschenkt –« ich nickte ...

Und ließ die Hand nach einer Mandel suchen ...

Und krabbelte ganz unten eine auf ...

Und biß sie durch ... und schob das größte Stück

Dem Leckermädchen durch die schmalen Lippen ...

Dann lachten wir ... und weich ward mir die Brust,

Verschollenes hob aus Dämmertiefen sich,

Drin's lang bedeckt gelegen ... kam ... und ging

Vorbei ... die Mandelbrocken schluckt' ich hinter ...

Und küßte Metas kleinen, roten Mund ...

Zum ersten Male heute soll das Kind

Allein zur Schule gehn ... Nun weint's und schreit:

Es kann den Weg nicht finden ... und die Furcht

Schnürt ihm das kleine Herz zusammen ... das

Vorgestern noch in heller Freude schlug

Und sich zum Richtplatz seiner Reinheit sehnte ...

Tiefsinn der Kindheit! Sich aufs Leben freuen,

Es nicht erwarten können. Ach! Wir alle,

Die wir nun alt und müd geworden sind,

Wir haben's auch einmal getan! Doch keiner,

Den nicht auch einmal jäh die Furcht gepackt

Vor dieses Lebens ungeheurem Wirrwarr

Der nicht auch einmal bangte, ob er nicht

In diesem Dickicht doch den Weg verlöre ...

Und nimmermehr zu seinem Ziele kehre –?

Es stockt sein Fuß ... und ratlos irrt sein Blick ...

Sein Atem steht ... Mein Gott! Nun doch zurück –?

Nein! Vorwärts! Nun? Ach irgendwo ein Pfad

Wird sich schon finden ob's der rechte ist

Wer wüßte es! Das aber wissen wir:

Zur Wirklichkeit den Irrtum umzubiegen:

Wir klugen Menschen nennen's eine »*Tat*«

Und für die allerletzte Nacht die Herberg'

Kann schließlich auch an *diesem* Wege liegen ...

Ob Meta morgen wieder weinen wird –? ...

Nürnberger Tand

Im fremden Gasthofszimmer,

Das unsäglich nüchtern und kalt,

Knistert's von seidenem Schimmer,

Perlt's auf von flirrendem Flimmer

Nacht, deine geliebte Gestalt!

Längst schon ist die Nacht gekommen,

Hat alles schwarz verhängt

Strömend ist's da erglommen ...

Und was du mir jemals genommen,

Hast du alles mir wiedergeschenkt!

Ich hab' mich herumgetrieben

In der fremden, verworrenen Stadt

Ich wollte dich nicht mehr lieben

Da war mir treu geblieben,

Die mich verlassen hat ...

Maria

Ich war in deinen Kreis getreten, Weib,

Und meine Leidenschaft schrie auf zu dir

Und alles bebte von mir hin zu dir

Und meine Glut warf mich in deinen Staub

Und meine Gier brach meines Stolzes Knie

Und meine Brandung rang empört um dich

Und alles schoß zusammen zu dem Schrei:

Nur einmal nimm das Opfer meiner Kraft

Sieh, meine Arme stöhnen dir entgegen

Entgürte deines Leibes Schönheitssegen

Dem Katarakte meiner Leidenschaft!

Gelegentlich traf ich dich mal allein das heißt:

Auf deinen Armen, die mich trunken machten,

Sah ich des Fleisches feste, volle Wölbung,

Trugst du dein Kind dein Kind, wie einen Schild,

Mit dem du meinem Frevel wehren wolltest

Hm! Meinem Frevel, den du doch erlechzt

Zusammenschauernd von dem Fremdling heischtest ...

Ich haßte es, dein Kind ich haßte es ...

Und doch sah's mich mit seinen großen, blauen,

Neugierigen Augen furchtlos an ... und patschte

Mit seinen kleinen, dicken, plumpen Händchen

Zu mir herüber ... Und du zittertest ...

Und schwiegst ... halb überlidert stahl dein Blick

Zu deinem Kinde sich ... an mir vorüber ...

Mir abcr war's, als kämen deine Augen

Weit ... weit aus der Vergessenheiten Land

Aus des Gewesnen ungeheurer Zone

An eine andre Mutter mußt' ich denken

An eine andre Mutter mit dem Sohne ...

Und so so schont' ich dich ... und spielte träumend

Mit deinem Kinde, das nun lächelte

Und mir sein süßes, helles Papa! lallte ...

Wie lieblich du errötetest! Indessen

Ich hatte dich, geliebtes Weib, vergessen

Vergessen, wie in schwülem Wahnsinn ich

Dich heiß begehrt ... und deines Leibes Seele

In meine Seele hatte trinken wollen ...

Dann bot ich dir zum Abschied still die Hand ...

Und schonte dich ein andres Mal denn da

Ich deine weichen, schlanken Finger spürte,

Da allein ich ging ... ich ging und freute mich,

Daß ich so Meister meiner Leidenschaft

In einem dunklen Eckchen meiner Brust

Hatt' breit sich die Befriedigung aufgebläht

Du zittertest er hatte keine Lust

An deinem Leibe mehr der Fremdling geht ...

Und ganz gemächlich, langsam, Schritt für Schritt,

Bin ich die Straße dann hinabgeschlendert ...

Zu deinem Fenster blickt' ich nicht empor

Ich wußte es: dort oben standest du ...

Und sahest mir nach ... und warest auch allein ...

Ich hörte, wie gepreßt du atmetest

Ich sah, wie du die weiße, heiße Stirn

Verzweifelnd an die kalte Scheibe drücktest

Ich fühlte deine Hand auf meinem Arm

Ich fühlte deinen Blick in meinem Auge

Ich zitterte ... und schritt doch ruhig weiter ...

Und dachte dabei noch an dies und das

Bis ich in meine stille Stube trat,

Drin ihre seidenweichen, grauen Flocken

Voll von verschwenderischer Zärtlichkeit

Die Dämmerung balsamgütig ausgesät ...

Ich setze mich in meine Sofaecke ...

Und fürchtete mich vor dem Licht gewiß!

Es würde meine heißen Augen schmerzen ...

Heimkehr?

Wie bin ich nur so jäh hierher verschlagen

In dein entfremdet Reich, Waldeinsamkeit?

Zu Gast war ich in schicksalskühnen Tagen

Des Südens formgewalt'ger Heiterkeit!

Und wieder nun des Nordlands Thymiandüfte

Und seiner Erlenwälder Herbstmusik?

Ein müder, summender Wind ... und träumende Wolkenbilder ...

Nach Mitternacht des Mondes Nebelblick ...

Und meiner Heimat längstvergessene Sprache ...

Und längst vergessener Menschen Angesicht

Wie alles sich einschmeicheln will! Ich starre

In meines Morgenrots erloschenes Licht ...

Habt ihr mich wieder? Bin ich fremd geworden?

Braunrot quillt auf des Abends Dunstgeflecht ...

Weit ... weit das Land ... die weißen Nebel leuchten

Zu mir tritt meiner Sehnsucht Lichtgeschlecht

Dort, wo das Leben reinere Glieder rundet,

Zu größerer Fülle seine Kräfte stimmt,

Möcht' ich mit dir, Geliebte, sonnumstundet

Mein Sein verträumen, bis es sanft verschwimmt ...

Wir lugen weit ... weit übers Meer, das blaue

Um stillere Inseln noch wirbt unser Blick ...

Und wenn ich dann in deine Augen schaue,

Find' ich erschweigend mein intimstes Glück ...

Zu Zeiten, die gewesen ... ungewesen ...

Beruhigt unsere Gegenwart verfließt ...

Und von der Dämmerung Schattenspiel genesen,

Ward uns der Geist, der lichterfüllt genießt

Bis er, am Horizont ein Wolkenstäubchen,

Darauf die Sonne lag mit mildem Glühn,

Sich sanft entkräuselt ... Weiter rollen Stunden ...

Und Jahre, Menschen, Sterne weiterziehn ...

Geliebte Heimat, den nun deine Krume

Zum letztenmal mit ihrem Herbst genährt

Verzeihe ihm! Gib ihm zum Abschied deine letzte Blume

Und laß ihn ziehn, der deiner nicht mehr wert ...

Erlebnis

Hast du es einmal schon verspürt –?

Ganz wunderseltsam wird's dich fassen,

Ziehst du zur Nacht, da sich kein Hauch mehr rührt,

Kein Menschenhall mehr auf den Gassen

Vereinsamt deine Straße hin ...

Du bist bei dir ... und bist's auch nicht

Wie Schatten flirrt's vor deinem Sinn ...

Und halbverhängt ist dein Gesicht ...

Was du gewesen, wird zur Gegenwart

Noch einmal will sich alles geben ...

Du darfst bereu'n, versteh'n ... und deutest dir

Dein kleines Stück vom großen Leben ...

Du atmest tief und schwer ... und hebst den Blick –:

Zur Seiten steht, gleich unerfüllten Bitten,

Der Häuser schwarz Spalier ... die Fenster tot

Und sacht bist du vorbeigeschritten ...

Noch einmal dann ... und ganz von ungefähr ...

Hebt sich dein Auge –: das mag richtig sein

Ja! dieses Haus war's, diese Fenster dort

Und alles still. Erst jetzt bist du allein.

Erst jetzt ganz recht! Und jetzt erst hältst du's fest

Und wunderst dich, daß du's noch nicht gewußt

Du gingst doch wahrlich oft genug vorbei

Und fraglos, klaglos blieb dir Mund und Brust!

Und nun? Ob er noch lebt? was sollt' er nicht!

Wo er wohl jetzt –? Ein trauriger Begehr!

Was geht dich der verschollene Fremdling an,

Der nun so lange schon dein Freund nicht mehr …!

Er zog von dir. Und jetzt bist du zu Haus.

Du denkst noch dies und das … der Lampe gelber Schein

Bleicht durch den Raum … du gähnst … und gehst zu Bett …

Du gähnst noch einmal … lächelnd schläfst du ein …

Erfüllung

Verhaltenes Geigengeriesel

Zittert in mein Gemach

Ich horche auf ... und denke

Den stillen Tönen nach ...

Sie betasten meine Seele

Liebkosend, scheu und mild

Es kommt in werbender Schöne

Zu mir dein liebes Bild ...

Das ist eine alte Geschichte

Man sieht's auf den ersten Blick:

Ein lyrischer Dichter wird immer

Das Opfer diskreter Musik ...

Sie flockt so krauses Getändel,

Sie plaudert entzückendes Zeug

Sie stöbert aus Seelengründen

Vergeßner Gefühle Gesträuch!

Auch mich hat sie ergriffen …

Tiefinnerstes aufgewühlt

Wie sehr ich dich doch liebe:

Das habe ich da erst gefühlt!

Nun schweigen die stillen Töne,

Und alles hat sich erfüllt

Und in unendlicher Schöne

Schau' ich dein liebes Bild …

Frieden

Ich flüchte aus dem Marktgedränge,

Das mich zu Tod hat müd gemacht,

In deine traumumlaubten Gänge,

In deine süße dunkle Enge,

O schattenscheue stille Nacht!

Das Trostgeschmiege deiner Schleier

Deck um dies angstverzehrte Herz,

Daß es in deiner Segensfeier

Vergesse seinen letzten Schmerz!

Es stand der Horizont in Gluten,

Nun stirbt der Feuer Brandgeloh!

Das letzte Weh will sacht verbluten

Ich höre sie vorüberfluten

Die *Siege*, denen ich entfloh!

Du ziehst mich auf dein Balsamlager,

Geliebte Sterngebärerin,

Und es erlischt dem müden Klager

Die letzte seiner Phantasien ...

Nun ward ich ganz, so ganz dein eigen,

Und jede Unrast ist gebannt

Dein großes, dein gewalt'ges Schweigen,

Vor dem sich alle Stürme neigen,

Trug mich in meiner Sehnsucht Land ...

Ein unbegreiflich süß Ermatten

Löst meines Leibes Gliederhaft

Vorüber huscht der letzte Schatten,

Und es verströmt die letzte Kraft ...